W0242199

PREMIO NACIONAL
a la mejor labor editorial
en literatura infantil y juvenil 1982

Colección dirigida por **Marinella Terzi**

Ediciones, SM
Joaquín Turina, 39 - 28044 Madrid

Comercializa: CESMA, SA - Aguacate, 25 - 28044 Madrid

ISBN: 84-348-3396-4
Depósito legal: M-6213-1991
Fotocomposición: Grafilia, SL
Impreso en España/Printed in Spain
Imprenta SM - Joaquín Turina, 39 - 28044 Madrid

La señorita Pepota

Paloma Bordons

Ilustraciones de María Luisa Torcida

ediciones sm Joaquín Turina 39 28044 Madrid

El periódico de Quintopimiento
lo ha dicho:
El príncipe heredero de Tal y Cual
pasará por el pueblo el martes,
a las diecisiete horas
y treinta y dos minutos.
Todo el mundo sabe
que los príncipes herederos
siempre van por ahí,

buscando bellas señoritas
con las que casarse.

Y todas las solteras
de Quintopimiento
se preguntan
en este momento:

Eso piensa la señorita Pepota,
la pipera.
La gente dice que es gordita
y tiene los ojos saltones,
pero fijándose bien,
ella no se encuentra nada fea.

La señorita Pepota se ha comprado
una tela roja con lunares azules.
Con ella se hará un vestido
para la fiesta de bienvenida
del príncipe.

Pepota cose a las mil maravillas.
Su traje será tan extraordinario,
que el príncipe
no tendrá más remedio
que fijarse en ella.
¡Estaría bueno que no se fijara!
La tela le ha costado
un ojo de la cara:
dos mil seiscientas
cuarenta y tres pesetas,
exactamente.
Lo recuerda muy bien.

2.643 pta.

Pepota extiende su tela roja
con lunares azules
sobre la cama.
La mira y la remira
hasta que los lunares
le dan vueltas en la cabeza.
—Será un vestido
con muchos volantes
–piensa en voz alta.
Y se muerde las uñas
para pensar mejor.
Enseguida deja sus uñas en paz.
¿Dónde se ha visto
que una futura princesa
se muerda las uñas?
—Tendrá el escote cuadrado...
–añade– o quizá redondo.
Y los puños de encaje...
¿O lo hago mejor sin mangas...?
Y vuelve a morderse las uñas
sin darse cuenta.

Al llegar la noche,
Pepota sigue piensa que te piensa,
dando vueltas en su cama.
Se le ocurren tantas ideas
para su vestido
que no logra escoger
entre ellas.
—¡Ya lo tengo!
–exclama por fin.
Y da un brinco sobre el colchón.

—Tendrá de todo un poco:
una manga corta
y una manga larga,
medio escote redondo
y medio escote cuadrado,
volantes por delante
y encajes por detrás,
botones por aquí
y cremalleras por allá,
y lazos y frunces y...

Pepota se queda dormida
y tiene sueños de lunares.

Es ya muy tarde,
pero no todo el mundo duerme.
Las señoritas de Quintopimiento
no pueden pegar ojo.
También piensan en los trajes
que se harán para la fiesta.
Y cada una tiene un problema:
La señorita Felipota
no sabe hacer ojales.

La señorita Juanota
no sabe hacer volantes.

La señorita Joaquinota
no sabe hacer mangas...

Las pobrecillas,
¿cómo van a dormir
con esa preocupación?
Entonces oyen desde sus casas
los ronquidos de Pepota.
¡Pepota! ¡Pues claro!
Pepota es una estupenda costurera.
Ella las ayudará.
Ahora ya pueden dormir tranquilas.

Y al cabo de poco tiempo,
todas las señoritas
de Quintopimiento
duermen como ceporros.

A la mañana siguiente,
frente al puesto de Pepota,
la pipera,
en vez de niños,
hay una cola larguísima
de mujeres.
Tan larga
como si Pepota regalase
las pipas a puñados.
Son las señoritas
de Quintopimiento
que vienen a pedir ayuda
para hacer sus vestidos.

Pero Pepota se hace la tonta:

De pronto ha olvidado
cómo se hacen los ojales.
Se le han roto las gafas
y sin ellas
no puede poner cremalleras.
No sabe cómo se cosen las mangas...
Ni siquiera se acuerda
de cómo se enhebra una aguja.

Al quedarse sola, Pepota murmura:

—No, no y no.
No pienso ayudar a nadie.
Ninguna tendrá un vestido mejor
que el de Pepota la pipera.

¡Por algo soy la mejor costurera
del pueblo!

Las señoritas de Quintopimiento
se pasan otra noche sin dormir,
luchando con sus encajes, volantes,
mangas y dobladillos.
Y por la mañana,
para variar,
cosen, cosen y cosen.
De vez en cuando,
una mira el reloj y suspira:
—¡Dios mío!
¡Qué poco queda para el «gran día»!
–y cose más deprisa todavía.
Señoritas de Quintopimiento,
¿estáis preparadas?

Hoy es martes:
Ha llegado el «gran día».
Hoy viene el príncipe heredero
de Tal y Cual.

El día se presenta
con muy buen aspecto.
Trae el cielo azul
y dos o tres nubes
con forma de borregos.

Todo Quintopimiento
está dispuesto para la fiesta.
En las calles hay guirnaldas
y banderines por todas partes.

Los hombres se hacen
el nudo de la corbata
y las señoritas
dan las últimas puntadas
a sus trajes.

Pepota se contempla en el espejo.
Está tan hinchada de orgullo
que casi se le revientan
las costuras de su vestido
de lunares.
¡Menudo vestido!
Seguro que no hay ninguno
tan original.
Y no le falta de nada.
Tiene tantas cosas
que apenas hay sitio
para los lunares.

Pepota se quita los rulos
cantando entre dientes,
se echa encima
medio frasco de colonia
marca «Atrapa ese príncipe»,

y sale a la calle
dispuesta a comerse el mundo.

Pero...

¡Horror de los horrores!
¡La calle está llena de mujeres
con trajes de lunares!

¡Todas las señoritas
de Quintopimiento
van vestidas de lunares
como Pepota!

Se han quedado paradas
en las aceras,
como si fueran de piedra,
y se miran unas a otras
con rabia.

¡Todas iguales!
Vaya chasco...
¡En su vida
han sentido tanta vergüenza!

Los niños las señalan con el dedo:

—¡Mira, mamá!
Está todo lleno
de «señoras a lunares».
¡Debe de ser una epidemia!

Y los hombres se ríen
a carcajadas,
dándose palmadas en los muslos.
—¡Y para esto tanto misterio!
–exclaman.

Allí está Juanota,
con todos los volantes torcidos.
Y más allá Felipota.
Los ojales de su vestido
dan ganas de llorar.
¿Y qué me decís de Joaquinota?
Parece que las mangas
se le van a caer
de un momento a otro.
¡Pues anda que Teresota!

«¡Por lo menos
mi traje está bien cosido»,
piensa Pepota.
Y eso la consuela un poco.

Pero es precisamente su traje
el que más hace reír
a todo el mundo.

—¿Habéis visto alguna vez
una cosa más chistosa?
–dicen los hombres,
que ya tienen los muslos colorados
de tanto golpearlos.

Está claro
que nadie ha visto nunca
una cosa tan chistosa.
Si no,
no se explica que se rían tanto.

Pepota se mira.
Su traje,
que antes veía maravilloso,
empieza a parecerle ridículo.
El más ridículo de todos.

¿Por qué le habrá puesto
una manga larga y otra corta?
¿Por qué le habrá puesto
veintisiete botones
y ocho cremalleras?
¿Por qué le habrá puesto
dos docenas de lazos?
La señorita Pepota
está a punto de llorar.
Tiene ganas de correr a su casa
y encerrarse donde nadie la vea.

Lo mismo le pasa a Felipota,
y a Micaelota,
y a Joaquinota...
Todas las «señoritas a lunares»
quieren correr a sus casas
y cambiarse de ropa.
Pero ya no hay tiempo.
El príncipe de Tal y Cual
está a punto de llegar.

Los quintopimientinos
se agolpan a los lados
de la calle principal
y las señoritas se abren paso a codazos
hasta la primera fila.

—Dicen que el príncipe tiene
una sonrisa encantadora
–suspira Jesusota.

—Creo que tiene los ojos verdes
y juega muy bien al tute
–exclama Micaelota.

—Tiene los ojos negros,
y no juega al tute sino al póquer
–corrige Pepota.

—Porque tú lo digas, espantajo.

—¿Espantajo yo?
Pues tú con ese traje
pareces una mesa camilla.

—¿Ah, sí?
¡Ahora te vas a enterar!

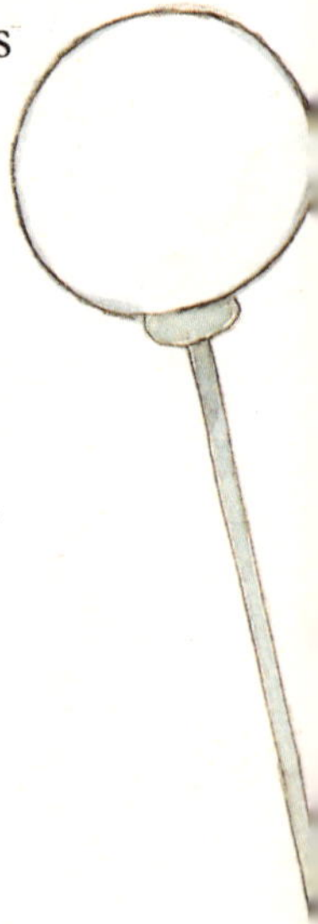

—¡Chisss! Ya viene
–grita Rafaelota,
que se ha subido a una farola
para vigilar la carretera.

Todos se ponen de puntillas
para ver mejor.
Pero sólo es la furgoneta
del panadero.

—¡Ya viene! ¡Ahora sí!
–vuelve a gritar Rafaelota.

Esta vez
es la bicicleta del cartero.

—¡Ya viene!
Ahora sí que es él.
Veo el escudo real
en el parachoques del coche...

¡Menudo bólido!
¡Y cómo corre!
¡Ya está aquí...!

Una mancha de color negro
cruza el pueblo como una centella.
Son las diecisiete horas
y treinta y dos minutos.
Ahora la mancha se aleja.
Ya se ha ido.
Ya se fue.
Se ha terminado
la visita del príncipe.
Sólo queda una gran nube de polvo
y un silencio tremendo,
como si la tierra
se hubiera tragado Quintopimiento.

Por supuesto,
el pueblo sigue estando allí.
Pero sus habitantes se sienten
tan asombrados y desilusionados,
que se olvidan de hablar.
Hasta que,
al cabo de un ratito,
se oye la voz de Pepota:
—Pues a mí
no me ha parecido tan guapo
–dice.

—No, era más bien feúcho
–apunta Felipota tímidamente.
Al oír eso,
las demás señoritas se van animando:
—Tenía dientes de conejo.
—¡Y vaya un par de orejotas!
—¡Pues anda que la nariz...!
—Tenía trece granos.
Los he contado.

Lo cierto es que nadie
ha conseguido ver al príncipe.
Pero eso ya no importa.
Ahora están convencidas
de que es un tipo horroroso
y desagradable,
orejudo y narizón,
algo bizco,
lleno de granos
y con dientes de conejo.
Así se sienten más felices.
Entonces alguien recuerda
que no han tenido tiempo
de prender los fuegos artificiales
que tenían preparados
para el príncipe.
Y la banda municipal
ni siquiera ha podido tocar
el himno de Tal y Cual.
Tampoco han soltado
los globos de colores,

ni han abierto los puestos
de churros y chorizo frito.

—¡Pues a qué esperamos!
–dice el alcalde–.
¡Que empiece la fiesta!

La señorita Micaelota,
que toca en la banda municipal,
hace sonar los platillos
con todas sus fuerzas.

Y empieza la fiesta del príncipe.
Pero sin príncipe.

Pensándolo bien,
así es mucho mejor.
Con un príncipe por medio
hay que tener cuidado
de no mancharse de chorizo
ni decir palabrotas.
En cambio, sin príncipe,
los hombres se quitan las corbatas

y «las señoritas a lunares»
se olvidan de sus vestidos.
Felipota, Micaelota, Jesusota
y toda la panda
vuelven a ser amigas
y charlan juntas
como si nada hubiera pasado.
Sólo Pepota permanece sola
en una esquina,
mientras todos la señalan
con el dedo.

Su traje resulta lo más divertido
de toda la fiesta.
Los de Quintopimiento se ríen tanto
al verlo,
que al final
comienza a hacerle gracia
a la misma Pepota.
No ha logrado hacer
el traje más maravilloso del mundo,
pero, en cambio,
ha hecho el más chistoso.
Y eso también tiene mérito.
Pepota espanta su vergüenza
de un cabezazo
y va a comprarse
una docena de churros.

Luego se acerca
a las demás señoritas,
masticando a dos carrillos.
—Hola, chicas
–empieza Pepota–.
Me alegro de veros,
porque he recordado
cómo se hacen los ojales.
Veréis:
se coge una hebra de hilo y...
Pepota tiene la boca llena
y se le entiende muy mal.

Entretanto,
el príncipe heredero de Tal y Cual
está ya a muchos kilómetros de allí.
Viaja en su coche,
mascando chicle
y leyendo un tebeo de aventuras.
No es feo, ni bizco,
ni orejudo,

como dicen las mujeres
de Quintopimiento,
pero sí tiene dientes de conejo.
No es raro
en un chico de siete años.
El dentista real ya se ha encargado
de ponerle un aparato
para corregírselos.

Sí, habéis leído bien:
¡El príncipe de Tal y Cual
tiene siete años!
El periódico de Quintopimiento
se había olvidado de decirlo.
Si las señoritas de Quintopimiento
ven al príncipe,
seguro que les da un soponcio.
Y si el príncipe descubre
que todas las «señoritas a lunares»
pretendían casarse con él,
seguro que se lleva
un susto principesco.
Él nunca ha pensado en casarse.
Al menos por el momento.
Y cuando crezca...

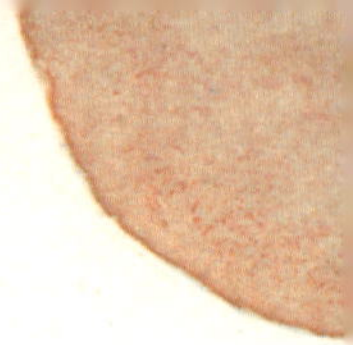

Cuando crezca tampoco,
porque va a ser explorador
de nuevas galaxias.
Que él sepa,
los exploradores galácticos
no se casan.
Al menos los de los tebeos.

EL BARCO DE VAPOR

SERIE BLANCA (primeros lectores)

1 / *Pilar Molina Llorente,* **Patatita**
2 / *Elisabeth Heck,* **Miguel y el dragón**
3 / *Irmela Wendt,* **Nido de erizos**
4 / *Tilman Röhrig,* **Cuando Tina berrea**
5 / *Mira Lobe,* **El fantasma de palacio**
6 / *Carmen de Posadas,* **Kiwi**
7 / *Consuelo Armijo,* **El mono imitamonos**
8 / *Carmen Vázquez-Vigo,* **El muñeco de don Bepo**
9 / *Pilar Mateos,* **La bruja Mon**
10 / *Irina Korschunow,* **Yaga y el hombrecillo de la flauta**
11 / *Mira Lobe,* **Berni**
12 / *Gianni Rodari,* **Los enanos de Mantua**
13 / *Mercè Company,* **La historia de Ernesto**
14 / *Carmen Vázquez-Vigo,* **La fuerza de la gacela**
15 / *Alfredo Gómez Cerdá,* **Macaco y Antón**
16 / *Carlos Murciano,* **Los habitantes de Llano Lejano**
17 / *Carmen de Posadas,* **Hipo canta**
18 / *Dimiter Inkiow,* **Matrioska**
19 / *Pilar Mateos,* **Quisicosas**
20 / *Ursula Wölfel,* **El jajilé azul**
21 / *Alfredo Gómez Cerdá,* **Jorge y el capitán**
22 / *Concha López Narváez,* **Amigo de palo**
23 / *Ruth Rocha,* **Una historia con mil monos**
24 / *Ruth Rocha,* **El gato Borba**
25 / *Mira Lobe,* **Abracadabra, pata de cabra**
26 / *Consuelo Armijo,* **¡Piiii!**
27 / *Ana María Machado,* **Camilón, comilón**
28 / *M. Beltrán/T. M. Boada/R. Burgada,* **¡Qué jaleo!**
29 / *Gemma Lienas,* **Querer la Luna**
30 / *Joles Sennell,* **La rosa de San Jorge**
31 / *Eveline Hasler,* **El cerdito Lolo**
32 / *Otfried Preussler,* **Agustina la payasa**
33 / *Carmen Vázquez-Vigo,* **¡Voy volando!**
34 / *Mira Lobe,* **El lazo rojo**
35 / *Ana María Machado,* **Un montón de unicornios**
36 / *Ricardo Alcántara,* **Gustavo y los miedos**
37 / *Gloria Cecilia Díaz,* **La bruja de la montaña**
38 / *Georg Bydlinski,* **El dragón color frambuesa**

39 / *Joma,* **Un viaje fantástico**
40 / *Paloma Bordons,* **La señorita Pepota**
41 / *Barbara Brenner y William H. Hooks,* **El león y el cordero**
42 / *Manuel L. Alonso,* **Pilindrajos**
43 / *Xan López Domínguez,* **La gallina Churra**
44 / *Isabel Córdoba,* **Pirulí**
45 / *Pilar Mateos,* **¡Qué desastre de niño!**